U0683416

边境线

吴振 著

作家出版社

图书在版编目（CIP）数据

边境书／吴振著. -- 北京：作家出版社，2024.9.
-- ISBN 978-7-5212-3040-6

Ⅰ. I227

中国国家版本馆 CIP 数据核字第 2024SD4431 号

边境书

作　　者：吴　振
责任编辑：张佳伟
装帧设计：刘十佳
出版发行：作家出版社有限公司
社　　址：北京农展馆南里 10 号　　　邮　　编：100125
电话传真：86 - 10 - 65067186（发行中心）
　　　　　86 - 10 - 65004079（总编室）
E - mail: zuojia@zuojia. net. cn
http: // www.zuojiachubanshe.com
印　　刷：北京博海升彩色印刷有限公司
成品尺寸：142 × 210
字　　数：27 千
印　　张：6.25
版　　次：2024 年 10 月第 1 版
印　　次：2024 年 10 月第 1 次印刷
ISBN 978 - 7 - 5212 - 3040 - 6
定　　价：68.00 元

作家版图书，版权所有，侵权必究。

作家版图书，印装错误可随时退换。

序

　　言及边塞诗歌，多数人怅望西北——除了西北，古代汉语诗歌的"正统"谱系中似乎也不再有一片边地能够供养铁马秋风、热血明月的边塞诗人了。多年来我一直沉迷于云南地方史志、野史和各类民族史诗研究，有意或无意，竟然发现了不少"边塞诗人"的身影，感慨正统诗学的遗漏之余，还曾向几位云南研究古代诗歌的教授建议能不能花费一些心力，把空白中的云南边塞诗人找出几位，为之立碑，不枉云南有如此漫长的边境线，有如此众多在瘴疠中生死不明的守边人，有如此多的胜败难分的谜一样的战乱。建议其实就是难题，除了《随园诗话》中提及的赵翼和陈佐才等有限的几位诗人，群山和茫茫白雾便铁雾一样遮蔽了进入云南古代汉语书写现场的路径，即便是出没于地方史志和野史中的那些诗人，他们也是匿名的，或是没有出处也不知下落的。找谁，谁都不在；写谁，为谁立碑，谁都只是个影子。

　　吴振服役的瑞丽一带，是从明朝延续到清朝的旷日长久的中缅花马礼战争的古战场。乾隆三十三年（公元1768年），诗人赵翼从广西任上受命转赴此地，担任清军主帅傅恒的军事参谋。在此期间，他写下诗作45首，诸如《奉命

赴滇从军征缅甸》《高黎贡山歌》和《从军行》等，汇集成
《永昌府文征》行世。《高黎贡山歌》广传于边地，堪称神
品，其中一句"解鞍且就茅店眠，惊看繁星比瓜大"，因其
将虚空之上的繁星落实为瓜，把诗学中的"虚"与现实中贴
心的"实"完美地进行了对应和契合，我曾将其借用于诗作
《以后深山遇见你》之中。2022年冬天的某夜，在芒市，与
李君川、吴振、杨启文、禾素、唐成喜等多位诗人聚饮于景
颇饭庄，我们的话题就是从赵翼开始的，又及民国远征军里
的翻译穆旦、杜运燮，以及傣剧大师万小散。席间，吴振用
老家的海南腔调诵读了自己的短诗《告诫书》：

你已靠近中国边境
请不要越过——
围栏、界碑、吴振

他身形英武，话语铿锵，举止和表情中透露着古代逐远
诗人豪迈、旷达但又万事锥心的遗风，尤其是他的一双闪耀
着剑光的鹰眼——那目光的穿透力、征服力和天生的澄澈空
深，既让你有接受审判之感，又让你如同进到一面魔镜中。
诗人与边境警察的两种身份已然严丝合缝地组合成一个具体
的诗人或具体的警察，所以，当他明示我们——请不要越
过围栏、界碑、吴振，我们就认定他的诗人身份，先是逼着
他连喝三钢化杯酒，作诛心之饮，然后这才亦庄亦谐地告诉
他：他乃是赵翼的"转世灵童"，一卷《边境书》，当如《永
昌府文征》。他一听，先是一愣，既而如孟加拉虎引颈长吼。
饭庄外，冬天的风吹拂着街边宫殿立柱一般的象脚棕，喝了

酒的傣族人、景颇人、德昂人、阿昌人，在人行道上，互搂双肩，用不同的母语唱着同一支小曲，踉踉跄跄地朝着孔雀湖的方向飘去。

吴振的诗歌写作，承袭了当代云南军旅诗歌的写作传统，在确认和礼赞军旅身份、职责和使命的同时，其诗歌的语境、审美、别趣，无一不黏附于神性的云南这一块土地并以此作为自己的写作策源地。尽管我早就知道他的书写一直是从云南某些匿名地带铺开的，但经此系统阅读，我还是感到无比震惊——众多陌生的地名、事件和思想，佛如天降陨石，在我的四周垒起了一座奇异的语言城邦。诗人的职业身份及其传达的信息，在诗歌中只能归入符号学，诗歌的发现、寓意和力量乃是产生于因为职业而闯入的那片只属于诗人个体的土地。那儿有足够的热血维护符号学的尊严，同时也因为有景喊村、石老虎坡、谢里山、中山、贺哈、狮子山、芒海，以及无人的密林、无神的悬崖、无底的孤独，语言要诞生，思想要发生，诗歌要产生，吴振才得以从自己的身体中拿出一个肉身成道的诗人来。这极端绝地上出现的诗篇，一如刀尖上盛开的玫瑰。

雷平阳

2024 立夏，昆明

目录

第二辑
我爱这潮水般的幻灭和希望

第三辑

如此渺小的丰碑

第一辑

我安静地向边境走去

告诫书

你已靠近中国边境
请不要越过——
围栏、界碑、吴振

谢里山

谢里山准备了一桌好酒，邀我赴宴。黄昏早早粉墨登场
我得精心收拾，此去星月兼程，路途百转千回

士为知己者死。知了、乌鸦和山鸽子酒后话多，沉默的灰隼
　和白鹭只想活成自己的模样
满山遍野的松、桉和坚果爱着摇摇晃晃的人生。这一次，榕
　不胜酒力，卧倒于山岗

不要一口吞下偌大的荒凉，也不要害怕苦难和世俗的挑衅
一场宴席的最后，总有三三两两
有人立志东山再起，有人暗藏归隐之心

石老虎坡

不高不低。石老虎坡上，能看见完整的群山和来去的路
不好不坏。点火煮茶，日子甘苦冷暖入喉稍烫

群鸦掠过天空，告知明日阴天或雨
不紧不慢，收拾一些枯枝落叶当柴火
至少，我不会错过今夜的星辰

不惊不喜，慢慢学会了钻木取火和收集闪电
甚至学会如何做一个失败的人
习惯在一片水域边住下，竹篮打水或撒网捕云

生活伟大
曾经，羡慕一只老虎金黄的背部
如今，我在空山中放下一片林子
月光下来时，时间如沉静的大海

生活美学

一退再退，让一朵云回到最初的湖面
一只白鹭回到悠悠的原野，那就让我退回到弯弯的边境
生活，不一定非要你诈我诈，或者成败英雄论
我得学会忽略一些刚硬的词语
比如早起，煮茶，把山走一遍或者无所事事地过完一天
比如发呆，练弹弓，写一首无力的诗或者思念一个遥远的人

我开始迷恋这样喋喋不休的倒退之美
黄昏夕阳倒退到宣纸上，星辰大海倒退到一杯酒中
而我真正想表达的部分：希望一只蓝鲸能回到梦境
少年就能回到温暖的怀抱，如此而已

时光柔软
命运总想在我面前布置一场场漫天风暴
我笑了笑后退一步
缓缓行

芒海手记

"准备好网，相信我，这个山谷里有鲸鱼。"
大山和孤独，有时是无法辨别的孪生兄弟
在芒海的山谷里，我在河边坐下来
计算一个人的边界，过往皆是芝麻烂谷和生死云烟
在谢里山、黑河老坡上放下一些，岗房梁子也卸下一些
我想，就在芒海一次腾空吧
记得那天，户古寨子村民石勒弄放牛刚好经过
以为我在抓鱼，这个操着浓重口音的景颇汉子
冲我喊话，硬是把鲫鱼放大成鲸
这句热血澎湃的语言顿时照亮我空荡荡的心胸

谢里山一年记

今天的雾，让我想起去年的芒海
算了算，在山中已一年
纵然迷雾笼罩，我已能辨析山上的事物

迷雾里探身的朝阳，打量着万物
它清晰地告诉我
我携带的刀锋已钝，携带的水域过于安静
已撑不住一艘船的远航

好吧，伟大的生活，我向你认屄
寒意生冷，我只关心林子的长势
我携带的坚果花已经落尽
有些成了白云，有些成了羊群

无所事事，那就向空中抛一块石子，权当纪念
一个怒放的少年回到原地
失败感是个好东西
成功者勇敢地穿越群山万壑到达顶峰
我的眼里江山如画，只需轻轻对折

霜 降

大雾在山里穿行，像极了仙境
瑟瑟发抖的雾中人，还是发现自己是个凡人

为挡住一个前进的人，命运安排了重山、迷雾、暴风雨或大
　江大河
秋风浩荡，我们需要走进深深的未知

冰冷的局中人，请赶上前面那些冰冷的局中人
如果太阳不及时出来，需要自己动手拾柴，点上一堆火
让它温暖这些叫作霜降的孤独

但千万别喊出孤独，此地没有下雪的历史
寒冬将至
我们要坚定地把时光消磨，直到放下飘零经年的落叶
和茫茫余生的白

中国第 105 号界桩前记

中山，我得向你道歉
原谅我的姗姗来迟
一条奔腾的怒江
能够洗涤我的灵魂
那些皱裂的石缝里
足够藏起一个历尽沧桑的影子
我中年将至的骨骼
在向一个国家的界碑弯腰时
嘎嘎作响

时间总爱背叛时间
年轻时，思念的人就是边界
现在一个人守着自己的边界
大地已成最亲的人

捕虎者说

在中国版图上圈个圈

请圈云南滇西

在滇西圈个圈

请圈德宏潞西

在潞西圈个圈

请圈遮放的西边

那里有一片高地

请圈石老虎坡

坡上有位叫吴振的懦夫

请在他身上左侧第三根肋骨间圈个圈

来吧！聪明的救世者

请举枪瞄准你画的那个圈

那里藏着一只已经隐退山林的老虎！

小满辞

路边的斑色花怒放，我又欢喜地跑完一段旅程
太阳出来时我摘了含苞欲放的那朵，去月光下继续开放

把它插在界碑的缝隙上，赋予另一种意义
我得继续赶路，赶昨天刚走过的路，一条弯路走多了
会慢慢变直

还是看到了躺着的大青树，寄生的气生根终于回到土地
白鹭去了更远的天空。现在，只有一条空空的河床陪我

山对面的农民在危崖上耕种，我们恍惚交错，在一场雨下来之前
满山遍野的坚果已开花，而我如一只蝴蝶，停在枝头

边境之歌

边境之上，人来人往
像闯进山里的云
各怀鬼胎
但走着走着就散了
只有我们
像山上的石头
或是已经安家的牧羊人
硬生生地镶在边界上
却说不出一句赞美的语言

在遥远的界碑前
有人突然问我
你爱国吗？

芒种辞，或边境书

游荡的云，弯腰插秧的人
安静的界碑，蓄足暴力的榕
下雨了，我的祖国风稍大一些
迷漫的山谷里，哨所的灯光再次亮起
昏光下，一本书正读到电闪雷鸣的中年
我轻轻合上

如果只求心安理得
一生赖在赖南村
同样可以活成一棵榕树
与岁月互相消磨
树底凿洞，洞里放佛
依赖着人间世代香火
也可以活成一只孔雀
从村头到村尾，翩翩起舞
在人们的赞美声中
磨去硬壳
甚至可以活成一道闪电
稀里糊涂地

藏在谁人的梦里

我安静地走出赖南村
一直找不到心安理得的理由
头顶着家国的漫天星辰
谁在乎一个人的琐碎之事

芒海手记

不知道今天为什么不下雨
我又把锁链丢给更多的人

勐古河悄无声息地流向缅甸
它不知道沿界花草的哭泣

今晚是否会有明月
向大海表达我的焦虑和忧伤

唉。还是觉得辜负了你
我仍未写出满意的赞美之辞

小满辞

如果还有期待，那就再一次去往中山
沉默要彻底，傻乎乎的木棉
退回边境，对爱绝口不提

半生不熟的中年，可不可以
用昨日的阳光晒明天的谷子

群山之中，皆是浮云
月半弯，一只蜗牛缓缓爬上
万马奔腾的怒江

年纪上来了说

能放下的现在都尽量不提
要习惯一个人的边界
在石老虎坡、芒海、香柏河及 105 渡口
要学会放低欲望和梦想
比如粗茶淡饭早睡早起
比如见人敬三分说话慢半拍
如果觉得气力不如以往
就选择缓缓顺着夕光走上更高的山坡
向远方抛出石子
假如风恰好能帮上些忙
我会和斑色花手舞足蹈
庆祝石头能飞出更远的前程

年纪上来了说
换以前，我会面不改色——
为了你，我愿对抗全世界

献 词

一场大雨降临，风起怒江

黑白交错的卷幕，映着空旷的人间和群山

人生苦短，别说德宏酒烈

十年青衣斗笠，像一道闪电

这星辰大海下的牢笼，肉身是边界

感恩辞

一扫多日阴寒，太阳姗姗来迟
我在窗台上晒出换洗的衣服、白色的棉花被
沉寂的诗集以及近乎发霉的自己
热情的阳光又一次照料人间
窗外原野苍茫，有飞羽掠过
身在边境的人说出感恩之辞
上天对万物的得失安排得如此繁复
一个人能提起命运，本身就是奇迹

勐戛帖

据说
勐戛的地下有海
有洞如宫
仙气迷漫
万物争修正果
在弄海子
娃娃鱼一次次爬出溶洞
日夜诵经
在大龙洞
迷雾蒙蒙
冰冷的潭里游着长须的鳟
在仙佛洞
有人抱鱼入梦
在悠长的时光里终成真鹿
过三仙洞
我安静地向边境走去
蚂蟥沟寨了的谷里有蚂蟥
细小如虫吸人血
或许它在乎的不是我的鲜血
在勐戛已有时日
身上沾染了闲云野鹤的气味

终生引

这些年一直生活在边境

日子一枯燥，心便思乡

若当初知道这就是未来

或许对生活可以做另一种选择

作为大海的孩子，回到海边

回到一艘船上，织网扬帆

带回海洋馈赠的鱼群和波浪

回到命运的岸上，垦荒拓土

娶一个皮肤黑黑带着阳光的海港妹子

任潮起潮落，海鸥飞翔

如今面对深夜，面对界碑

我仍客客气气地描写生活

在边境，山路弯弯，丛林深深

祝福守边人吧

多守一年就多一年工资，多一层忠诚

死后骨灰撒在这里，连碑也免了，真好

一首诗即将尘埃落定

一个男人总要选择一种像样的活法

我不会向身后的国家和人民说出反悔的语言

面前是国界疆土，不能说没有选择

但

有一种诗和远方，恰恰是从少年到白头

我们只是卖刀人

——致范嘉男和杨燕明，或青春

世上人做事并非全傻。例如我们
非要在同一个地方卖刀
非要反复地去同一个村庄，同一条路上叫卖

是的。我们得认罪，得向锋芒道歉
有些刀有毒，能致人命
有些刀割肉伤人心，伤口
流的不是血，叫的也不是痛
是盐，是更苦的药

但还得卖，我们没有更多资本
农民的儿子只有玩弄铁器的本领
但土地总要坚硬的刚需
伐去满山的灌木之后才能丛林满目
翻起遍野的芒草才有庄稼的油绿

我们是该成熟了，别为卖不出刀而气馁
磨好的锋总会露面，迎光而寒

也别去独木成林的地方卖刀
石头多的方向才有更多的握刀者

想明白这些时，我们是该庆幸
成为那个背刀在边境叫卖的人
月如刀，平静似水
却无人知晓
青春欢喜地置身于惊涛骇浪之中

过三角岩

能让我徒劳一生的
无非是对于路程的抉择和抄袭
无非是原途往返或探索未知
三角岩旁有三仙洞
有放弃选择的神
立地成佛
这是人生的另一种启示

望怒江

四十岁的男人有点脾气，跑去看怒江
嘴巴比石头硬，身体是一本风中的字典

故事里停留着坠落、踏空之词，也有泥沙俱下
雪山融化了，水冰冷，悄悄约会的鹅卵石与星辰

一条河需要无数汇合，才能同流入海
而人，要与世界不断决裂与和解，方能活着如水

提起死亡，就仰慕水电站和堤坝，高山平湖
人生飞逝，我又谅解了世间的悲情

石月亮

未遇怒江，石月亮也只是石头
穿越大梦的棋盘，可以是铁链之重，也可以是
蝉翼的轻

但在高黎贡山之上，石月亮怎么看都像一把刀子
即使没有风雪交加，单是大峡谷中五十五万人的骨头，关于
　　命运的交谈吱吱作响

冬 至

从石老虎坡下，100 步就能走到中国的尽头
天冷，让人想不起那些有热度的词语

一段再短的旅途，有些冰冷的事物总要有人去过问
能认真触摸和拥抱的，无非是枯草木、铁栏杆、干河床或水
　泥界桩

群鸦又一次盘旋，已不奢望能带来好的消息
还是要详细记录：一群人的冰河铁马，如消失的家乡、怒放
　的青春及远去的故人

返回石老虎坡，太阳出来，我哑然一笑
升旗，放号，拾柴取火
一个人面对大好时代与群山起伏

莫名之诗

意志淡了吗

一个在山里的人

竟会冒出如此奇怪的想法

难道还有更痛的领悟

白发爬上头颅，那是月光的馈赠

一条船经过，有人望眼欲穿

一片海入梦，有人迈出步伐

光阴里肯定藏有未知的真相

不然奢望什么呢

生命之锯来回拉动

有些伤口像花儿一样绽放

战栗纷飞的落叶，恰似我的沉默

我的孤独事出有因

山上有林，要拼力砍伐

白露花垭口

要克制，此去边境千里，跋山涉水
要放松，保持漂亮的姿势，一路往上奔跑
如果累了，就选一朵云坐下，看干净的风景

界碑太近，要说干净的话，山河无恙或者乾坤朗朗
喉管里有怒江奔腾，也有中山的微风徐徐
亲爱的，我还是要设围栏千万米，以爱之名

一朵白露花对应白月光，我的敬佩一如既往
那些在边境山谷里烧火取暖的人
那些沐浴在寒气中索要干净的人

双坡垭口

要相信，一个焦虑的人，一生无法跨过命运的垭口。

在双坡垭口
羊群领着一个老人经过
不悲不喜
不卑不亢
木棉花飘落的天空
白云如丝
我和他并肩而行
谈冷暖
谈双坡的女人和一只羊的价值
他没有向我说起边境
甚至没有提起伟大的祖国
我在焦虑中
目送他过完垭口
一场雨刚好赶来

月光白马

站在谢里山的山顶，我就能完整地看见月光
完整地看见月光覆盖群山
看见河流辉映浩瀚星海
露水轻抚草木
皆是恩赐
一条沿山而下的路百转千回
我确定那是我走过的路
但我还是看不到尽头
得赶在孤独来临之前
放出我的白马
让它奔跑起来
一骑绝尘
让它顶替我去看望更完整的孤独
去探视更多的光芒
寻找一片落叶遥远的成败
或者更渺小的我
呃，这尘世，渺小如我
仍驯养着一匹能征战四方的白马
月光下仍有无垠的牧场
这是人生的另一种慈悲

天龙街

今天的晚霞红得让人揪心

山上的佛塔沉默不语

山下的拉肉车悄然而至

如此隐秘

或许得到某种指引

一群牛浩浩荡荡

安静地走向天龙街

身上的油漆序号是别人的勋章

1 至 26 号

第 27 号没有标记

它太小了

它的叫声最大

想起某年某月 27 号

那一句话让我痛心疾首

"我爸就是死在你的手里。"

芒海手记

孤独和边境早已完婚

时至今日我还戴着伴郎胸花

从怒江赶回芒海

开饭店的两口子无事摆宴，邀我入席

老苏是一名边防老兵

退伍后选择留下

娶了芒海之花阿清姐

生儿育女

说到青春时他像个新郎，豪情万丈

提到边境时他举杯向我

为了这平凡的生活

我仰头一饮而尽

看见山谷的风云走马，有鲸缓慢

阿清姐中途给我们加了两个菜

安静地坐在丈夫身边

中山帖

流水唤醒了茫茫群山
春天，把船和面瓜鱼赶到岸边

我的抒情开始走样，在 105 界桩
遇见苍鹰和蝴蝶，忘了该用怎样的词语

孤独你听到吗？怒江最后一吼：差不多得了
我是耳鸣患者，转身对你说爱是值得的

还是没人知道，我来边境只为找你
漫山遍野的石头和羊群，木棉花下

明子山上

一条蜿蜒深邃的山谷
鸡鸣狗吠的村庄，有河漂过
岸上有桩。命中另有定数：异国是他乡
人和牛羊撒在低处的土地上，像滚动的石头
榕和寺庙，对面的悬崖和墓
群山环顾，我向尘世低头：
深沉大地，犹有佛形
彼岸站着永恒的谁

管中窥

足下云已化泥，远处有落日的金黄

群山在跳跃

光影交错，有灌木、芦苇、飞鸟和流水的地方

加上命运的磨盘、丢失的海洋和止痛膏药

就有了起伏跌宕的江湖

陈年酒太上头了。我在空中收拢手中扇

一条清晰的边境线回到眼底

稻草以及那些看天吃饭的人

像无边无际的风沙

向我吹来

凝视中不知泪珠源于哪个朝代

南山隐豹

一棵含羞草在战栗

湖　畔

在湖边坐着的人，不要固执地与一潭水对峙
群山佛塔倒影，每缕阳光皆有小小的旨意
孔雀湖正载着谁的肉身和一只蝴蝶飞越黑暗的宇宙

人间草木在风中卸下一些旧的事物，如此缤纷
突然中年，生活需搏虎之力
仍要在无边的涟漪里看见轻轻的不争

终结辞

破茧成蝶的后来。怒江之上
孤影穿越时空向我而来，停在哨所旁

小野花越开越艳，蝴蝶开始成群飞舞
我的活路越来越多：牧羊、养蜂、凿石或者铺月光

在漫长的光影里，我坐在黑河老坡上
有人提起诸神的命运，有人向我索要一只蝶美丽的标本

一个人想到宿命，边境就仿佛越来越轻
轻得像一只飘在风中的蝶

边境之诗

一棵榕
两棵榕
三棵榕
月亮也按着我的口型：
一颗星
两颗星
三颗星
数着数着
就到了临界线
不能再走了
再走就过了界碑
月亮还在数着星星往前走
它忙着照耀万物
我只能停下脚步
我的爱如此狭窄
只能爱眼前的灌木和石头
甚至一朵长在祖国尽头的小野花
奋力爆发的那一点红

惊蛰辞

今天,我在诗里立一座悬崖

万丈深渊就会出现

在危崖上凿石时,白云说已濒临绝境

而我只是想为你围一根铁链

在谷底沉默时,蝴蝶说已濒临绝境

而我只是在等春风,我要为你种花

我从一首诗中走向人间

正是惊蛰万里

木棉花蔓延的边境,群山茫茫

有君子豹变

疼 痛

夜临边境
跳一个坑时
跌了一跤
石头磕破了骨头
枪托磕破了石头

黑暗已深
路还长
有些疼痛得忍住
骨头疼是一个人的痛
石头疼是一条边界线的痛
如果枪杆子也叫疼
那是整个国家和民族的痛

在狮子山

携刀进山的人
不能空手而归
如果一无所获
干脆就在山里待着
搭窝
打盹
探索领地
要时刻保持信仰
才能和时间硬碰硬
太阳出来时
风很大
满身露水的人
在山顶甩了甩头

劝归帖

此刻的中国邦达山上，看见一年来最美的月色
但我没有心情，月亮是缅甸黑勐龙的月亮
沉重的流云也是

你想家了吗？亲爱的混蛋
乌鸦一次次传来不幸的消息，月如刀
你胆寒了吗？

还是回来吧！其实不需要太多勇气
不要跑进野兽和毒蛇藏匿的深山，也不必在乎一些无关生死
　　的细节

一路上有许多救赎的信标，我在人生路口等你
夜幕如此迷人，多想在冰冷的月光下
看见你温暖的脸

离开辞

转身离开邦达山时，山谷寂静
但我确信，山在我背后是站立着的
乌云表情凝重，拦着前来告别的月亮
坚果已经成熟，落叶铺满来时路
我在山里重义气的朋友众多
蜜蜂、松鼠、犀鸟、山鹰以及飞舞的萤火虫
它们帮我在坎坷中捡回许多枝枝叶叶
处理多余的赞美、功名和光鲜亮丽的部分
出山或入谷，我已可以独立行走
虽然还有很多眼睛隐秘在黑暗中
一路相送
但我就是说不出感激的理由
仅仅是因为我曾找回一些出走的牛羊
或为山鸽子蚀过几把米粒

去盈江路上小息

找一块石头坐下
其实加上我的重量，也压不垮这片土地
就像眼前的落叶，怎么也压不垮一片草丛

蝴蝶短暂地停留在另一块石头上
我们来不及认识、谈心或相互道歉
它活得没我长，每分每秒却比我现在有意义

盈江的风很不靠谱，犀鸟的天空高过云层
我要去的人间，一杯酒中星光点点

生活算法

怒江和爱情早已喜结连理，我却姗姗来迟

到达石月亮时，天色正好

刘明佳、边玲玲两口子大摆一桌

男人边备菜边张罗装修房子

女人亲自下厨，不一会儿东北口味端上来：

腊肉炖鸡汤、酱骨头、卤蹄子、熘肉段

煎笨鸡蛋、尖椒干豆片、蘑菇白菜、素荤杂拌

喜席吃罢，大家在烤火房坐聊

刘明佳是辽宁边防老兵，转隶后来到怒江

成了戍边民警，守着亚坪

妻子不舍，放弃原来工作，带着孩子一路跟随

当了边境辅警，就有了夫妻警务室

丈夫始终带着羞涩，像个新郎官

我夸奖，东北都是好男人

她笑得合不拢嘴，大大咧咧说起边境

买菜、天气、路况、独龙牛和原始森林

提起儿子、父母时欲言又止

晚上，我在诗里记录这位移民新娘的生活算法：

乘上四千公里的列车奔赴，除去大雪封山和疫情
减掉蚊虫蛇兽聚会的深谷，加上怒江和风湿性关节炎
等于她是一位正常务实的妻子
包括想让孩子他爸拥有一个没有括弧的家

边境夜巡

约几个弟兄夜巡，黑暗很大
路比人还瘦
一只豹猫奔跑进山
我的猎豹老伙计追不上了
车里的人比夜安静

雨又一次下起来
这十年风雨穿行
我想到了船和大海
想到一伙可爱的水手

车轮滚滚，像刀
给夜撕开了一个口子
得放些青春，希望，尊严
电光石火以及类似汗水的盐
紧握方向盘，就是溅起的风暴
也不过是边境温柔的泥巴

在界碑前
雨后的月亮
悬在谁的头顶

边境写意

一整个早上，两个小孩在边境玩耍
一白一蓝，没心没肺的
一会儿出国一会儿入境
就像对面的风儿来来去去
都不是我的敌人
只是在白云下打了个盹
他们就消失在一寨两国的边界线上
现在想起，我还弄不清
哪个属于缅甸，哪个属于中国

在贺哈便道

所谓远方，其实是

一条通向异国的小路。或者说

边界只是一支被架起的竹竿

白云天和雨夜，鸟鸣和风尘，挺立的身躯和瘫睡

一种伟大是守夜士兵烤熟的半个土豆

信仰没有那么高大上

边防只是多了根骨头。我的浮想联翩

秦时明月关已埋，没有胡马度边关

挑灯看剑竹竿在，梦回连营秋雨凉

没有英雄从一张纸上跃起。诗的落差

摇晃着整个竹林沙沙作响

一只飞鸟灯下着陆，抖落一地水珠

一个士兵卸下头盔，甩留一丝困乏

我的笔记住了这美丽。如边境的黑夜

封存这平凡的圣洁。身后的城市灯火拥挤

此地甚好，适合扛枪，修身，写诗

守的也是家国天下

十月之诗

把一个人端上十月，就有了秋之悲意

一生能结出什么好果子，你说说嘛

石头、木桩还是坚果

生活过于生硬，吃相就难看

念白云、沧浪之水还是怒江

隔岸观火或无风起浪，你说说嘛

要不这样，一个人布置好命运的棋盘

摆上边境的万里江山

摆上中年的焦虑和梦想

互不相让，一直厮杀到天昏地暗

伸手不见五指的时光

有个声音震耳欲聋：

"我的象要飞过河踩你的将来了。"

我默不作声，一个人吞下和自己对垒的结局

二月之诗

安静下来，我就知道一本书和一杯酒的滋味
要慢，不然就会追上前面摇头晃脑的自己
同行者，要不你先走吧
然后真诚告诉我你已经抵达边疆
告诉我看到的树木、界碑和河流
关键是要看到人和牛羊
你确定是人吗
告诉你吧，其实我在梦中去过那个国度
看见万物如活着的碑文
春风追云，群山卧虎
流水和星辰一色
那些撒在底部的星星点点
是你是我，是所有人
二月，一切都在纸面上走过
少提边境孤独
时间是极小的容器

九月抵达中山

在中山，没长白露花的山没有灵魂

我在羊山垭口靠边站
静待一个拿着鞭子的人

又是一年花落了。草木知秋
我已向边境交了投名状

别老怀疑人生
我有怒江，可纳家国愁
一条虎啸龙吟的河从身上流过

立 冬

冬天来到芒市时，一尾鱼从收割后的田里跃起
它去了更南方，寻找更温暖的怀抱

一碗新米饭端上桌子，进食的人满含泪水
嘴里有泥、锈和蝶粉的味道，农民是瘦瘦的刺

闲置的铁器摆在云端，守着放养的羊群
桀骜不驯的是水和芦苇荡，羊已经驯服了牧羊人

终于有雁归来，带来北国寒冷和死亡的讯息
月亮翻出了陈年的积雪，满心是白

一首诗的诞生

三入芒海

第一次隔岸观火

异国枪林弹雨生灵涂炭，我无能为力

第二次慈悲为怀

在深深的山谷中，找回一些迷途羔羊

这一次心若止水

霞光流云如潮，一点点将群山和我淹没

一个男人在边境线上，想起归途

一首诗在 99 号界桩诞生

悬崖之上

崖顶上思念一根锁链
可以拯救那些梦见蝴蝶的人

崖壁上的一滴水
略需勇气即可成为一只雄狮

一只犀鸟钻进山洞
把羽毛丢在彩虹之上

溺水者最后的呼喊
只是天地间交响乐中的一个音符

在悬崖之上望见一叶舟
载着整座山缓缓前行

芒海帖

一

芒海有三界：
浩瀚星空为上
辽阔云海为中
人心浮泛，大地沉重
是为下

群山回到芒海
揽群星、白云、我入怀
道法自然，取乎爱

二

为了逃出青天
云学会了分身术
成为小云、朵儿、云朵儿……
山岭搬来石头、树木和花草
层层围堵

被搬上山的人，深知使命
碑前总能，拴住
一缕缕烟云

三

勐古河急。遭逢大雨
更是一副暴脾气
多年前，它发过火
泥石流带走了很多人

捣衣声声，爱恨茫茫
那个被父亲临死前抛出的女孩
如今背着孩子，安静地
站在河边。心，如止水

四

酒后。放牛的老人透露身世
他来自缅甸勐古的第七街
七条街几乎都是汉人
从元朝的金陵迁过来的
他说话时低头看着炉火
仿佛能从灰烬中找到一个朝代的影子

我没有告诉他———
金陵，现在叫
南京

五

冬月已至
农民要赶在年前窜地
芒海的人忙不来时
就会找勐古的帮忙
八十块钱一天
播种除草收割也是八十
亩产八百斤

心有疑问：盛世当下
八十块钱能否养活勐古人
八百斤粮能否养活芒海人

六

芒海古榕多
树下总有几小块叠起的石头
缠着红布
有香火的痕迹

立着的竹架上有水瓮和瓢
山里的神灵要求简单
这是最好的供品

过路口渴的人拿瓢饮水
这是神的恩赐
也是旨意

七

流云散尽
芒海的真面目就裸露出来
村庄、河滩、远山、夕阳
众鸟慢得让人着急
骑白马沿山而下的人
是忠诚的布道者
不欠人间的生死债

他来得不早不晚
地里的一切已被翻埋
芒海冰冷
马比人瘦，人比天涯远

八

寺庙和墓碑
一在村东头，一在村东尾
人们身在其中，不偏不倚
庙里烧香跪拜
碑前点烛磕头
在芒海
生死在天，石头们
各有所命

九

我相信
亿万年前
芒海肯定是一片大海
深深的谷底
有鱼群、贝类和无边的海藻
还有我们只会游泳的祖先
这片汪洋躲在死亡之外
又藏在一个人心里
只有在黄昏时分
才会悄悄地向万物展现
交错的海市蜃楼

十

在老二哥家吃饭
他如数家珍说起勐古战事
飞机、大炮以及连绵不绝的枪声
有谁身首异处
有谁家破人亡
还有谁大难不死
活成梦魇中的伤口
他坐在门前,看得津津有味

某次我背着枪走过芒海
远山灯火闪烁
想到自己是无能为力的局外人
心生愧意,悲凉来袭

第二辑

我爱这潮水般的幻灭和希望

种 树

门外有两排参天大树
没有一棵是我种的
门内有两行小树
每一棵都是我种的

我住进一栋新房子
每天给小树浇水施肥
大树那头有寺庙
神台上那尊坐化的佛
曾经是翩翩少年

有悔辞

想起要在边境过完一辈子

就觉得此生悲壮

想起已经生儿育女

还是觉得未来可期

我的莫名喋喋不休

比如只要向边境走去

就觉得方向是对的

比如找一块比自己更重更大的石头

刻上青春无悔

就觉得人生无憾

想起百年之后

子孙后代去海南乐罗寻根

家乡人如是说

听说去了遥远的边境

查无此人

还是心生有悔

处暑辞

一个戴着草帽的人，在一座城里待久了
心就会开始荒凉。望着远方的稻穗低头
有个背影溶进霞光，形同绝望

能算计的事物已经不多
包括算计自己是不是幸福的人：
在海边，我也曾有良田一亩
在秋后，我会酿酒，也会残忍地拿所爱泡酒
比如蜂子、蚱蜢、蚂蚁或者月光

事实上，我的焦虑只是一个稻草人的焦虑
怕虚度时光的荒芜，又怕目无王法的杀戮
夏日已尽，请遵农嘱：要和镰刀保持距离

蚂蚁多么孤独

一个人走向远方
定有落日相伴
一个人面对群山
生命似有弦外之音
此岸有蚁
如人潮人海

如此幸运
湄公河上有船渡我
蚂蚁多么孤独

重 阳

黑马穿林而去，落叶是纷飞的蝴蝶
明月出水，月光招回一张张失散的脸

举杯送浑河
窗上已有泪凝珠，高处寒山千秋雪
人间几多家国愁，在万家灯火中轻轻放下

记一次佛性调解

佛光普照金塔

寺前，出家人和众施主在尘世争

一个空门的方向

天怜我佛，有门可入

无路可出

佛是黎民的佛

地是百姓的地

我在中间

始终微笑

像菩萨一样

一次次双手合十

注解关于无为或有为的因果

不久后，寺门开朝东方

大吉大利

人们朝拜一样虔诚

和尚一样念经

我严肃地爱过一轮落日

苍茫茫的圆，风吹沙动
天是长方形的砧板
有鱼肚子的颜色

严肃地爱着一些事物
比如眼前这四四方方的墓
我爱他的生前死后
在我椭圆的心脏里
世间的人都会和我相遇
只是形式不同

因此，我得学会融化
一万缕丝绳束缚我们
我们需要一万把尖锐的刀吗？
多可笑的悖论

我严肃地爱过一轮落日
爱着潮起和幻灭
这力量一次次向我们的生命发起撞击
——活着如水，方能入土为安

黄昏辞

去朋友家做客
看见老土狗在欺负落日

它把夕光从东屋赶到西屋
夕光贴着墙角，慢慢退败出去

墙上有画：
松下猛虎，一身善良

赶路帖

如果不是上了列车
我也不是非要赶到玉林去
世界上的路
无论走哪一条，都是抄袭者

车上的人，多像水滴
互不相识，却形态一致
回家、婚庆、访友或是奔丧、逃亡
群鸟也在赶路
轻舟一般掠过窗前
南流江翻腾向前
覆盖了另一条逝水

欣幸呀
我这滴水藏在一条鱼的眼里
总能带着整个大海的苦涩
逆流归来

暴雨突如其来

太平洋思念我了
非要到瑞丽来看我

你带来的江河湖海
在大地上跑步

措手不及呀
我凿的船
完工还有些时日

盈江帖

一瘸一拐走向你时，平静
时间像抚慰孩子般抚慰我
睡去或醒来，天都很蓝

平原镇没有平原，人和风一样慢
想和所有人打招呼，想留下
又怕露出伤人的刀

没有去看望流水，时间太短
我的船太小，不能将所有人送到彼岸

没有人去关心水电站、萤火虫的秋天和你
有多少光明，就有多少思念
我带不走

看 望

千万别说出来，我就隐居在景喊村
种地，养鱼，暗观世界等你
会有一些人来看我
有些带来鲜花
有些带来粮食
有些两手空空

唯独你，面带桃花
带来太平洋最大那条蓝须鲸
占满整个村庄

秋风辞

秋风在姐勒找到一座寺庙
门被吹开一条缝隙。老和尚昏昏欲睡
误上莲台的鱼也躺着打盹
听到了吗？像是有人在扫地
一些聚散的枝叶发出尘世纷扰的声音
秋风回来时，拉低了一排凤尾竹的高度
露出一只可爱的小脑袋瓜

最后的建军节

今天，我要和所有人合影
我要和房子、树木、石头、铁架床合影
我要和天空、山峦、牛羊、国旗合影
今天，我就是要封存命运的所有
今天，我就是要做最自私的人
我要永远封存边境的今天
绝不像去年巢里的鸟儿飞走后
没人记起它的模样

反 思

一棵树倒过来
其实就是檐下的灯笼
一片稻田倒反
只是黄昏爱上的火烧云
一条河倒立
不过是照映人间百态的镜子
当然，一滴水会回归天空
一弯月触手可及

而反思自己
是该感谢生活这个钩子
让我能够顶天立地

卖鱼的女人

抓鱼，摔下，用棍敲
去鳞，开膛，剖肚子
鲜血映红她僵硬的表情
她不知道
每一次杀生
神灵都会把鱼尾纹拖长一点

而坐在摇篮车上目睹一切的人
是她的第三个孩子

职业病

大周末去买牛排煲汤
问老板有没有注水
审问犯人一样盯着他
他意志坚定地反问
啥骨头能注进去水

好玩吧
我对自己也没有绝对的信心
一个常在河边走的人

转隶通知下来了

熊娅静穿着军装坐在石头上
时光映着猎鹰般的眼睛
安静地看着边境
生育过的臀，向着土地下沉

有多少春天可以重来
她十年青春爱着这般绿色彩
而现在，怀揣着一颗红心
蓝的色调正在她身上蔓延

姐　勒

姐勒有很多榕树
没有一棵是人种的
风往哪儿吹，地上的榕籽就往哪儿跑
跑不动了，就入土
长肉长骨头，长成参天大树
来到榕树下的人越来越多
开荒种地，搭建房屋、牛圈和寺庙
但我不能说
村庄是风吹来的

美丽是个人名

雨落下来，村口的碑文鲜亮

鸟儿入巢，青蛙躲在莲下
四嫂美丽在雨里认真烧纸钱
老四哥跟女人跑了五年后
被寄了回来

后来
美丽找了新男人，带走了孩子
出村口时，天空响了一声闷雷

美丽这个名字和谷子烂在地里

世界观

有天空，就要有苍鹰的飞翔
有江河，就要有流水一往无前
边境在上，就要有士兵的号角

我的庭院深深
鸟儿静静地在巢里孵蛋
轻轻的蝴蝶在露珠上停留
整齐的脚步踏着落日归来

我爱门口那棵参天的榕树
一声哨响
爱恨交错的一生

我有我的骄傲

牛羊挂在天空，姐勒的花在开
翠鸟停留在平凡的词上，鸣叫
榕树向星星招手，落叶纷飞
风吹起农民的身体
一直往城里吹
我得身绑石头
才能沉入边疆的土地
静待夕光沐浴佛塔
我的骄傲，风知道

这个寨子给我足够的阳光

守着这个寨子两年了
在前门种草，在后院打铁
学习做一棵幸福的榕树
顺着阳光，晒出每一根
干净的骨头

在村口，我想到了停留
让我高兴的是光阴眷恋
在这个寨子写诗
万物都是词语

灯笼坝

允许停顿，就在心安处住下
苦生活、讨女人、写诗

给流水回信：
你到怒江了吗？
九月是最好的季节
大雪仍未光临，水温正好
苍鹰飞翔的高处，高黎贡山上
石头如佛塔
白天立红木棉，夜晚挂灯笼
沿美丽公路而下
大兴地铁索桥，我敢保证
我会为你抽刀

担心错过，我又补上几句：
如已离开唐古拉
请立起风幡
过丙中洛、鹿石登、石月亮
到老虎跳请留意

河床突然向左转弯

让出一个灯笼形状的坝子

为了烧饭、酿酒、煮茶及照料生活

我立了很多栏栅

穿红裙拾柴火的傈僳女子

正是吾妻

秋风咳

流水在石头上行走，群山是石头骑着石头
水稻插在悬崖上，收成和美共天一色
浮云流浪的尘世，一阵阵草木枯荣
而我，要面对如怒江般喧嚣的江湖
求生活、追梦、寻心安
男人一旦不惑，就易得病
有时还想拥有一种叫石头的面包
啃不动吃相就难看，异想天开会倒吸凉气
在风雪垭口，大风力道刚猛
我的偏头疼稍有好转
又患上滚石一样痛不欲生的秋风咳

祁松霖在风雪垭口给我讲了两个故事

一、母子平安
刚到垭口那年，大雪封山
过路的车子深陷冰雪，车上孕妇快生产
帮着抬去医院，回到营地收到短信
感激的语言不记得了，记得其中一句为故事标题

二、豹猫平安
在垭口第二年，大雪又封山
在火盆旁烤火时，有灵之物受伤了
主动跑到身边趴着，得到及时救助
它没有说出感激的语言，但偶尔会来

祁松霖守垭口的第三年
大雪还没有封山
他没有新的故事

听命河

不知为啥叫听命河
终究是来了

九月的风吹海拉尔松
松塔子如谁的头颅一颗颗掉进水里

不够吗？这一生你想怎样
怒江过群山，在人前，还是身后

我有不知酒，借过
高黎贡

过潞江坝

一江有三桥形成闭环
少女带着春色满怀心事走过九月
守江的汉子跑不掉

稻穗低垂，东风桥的知了在叫
晚霞还未退，月亮慢慢升上来
木棉在登高桥头：我要红了我要红了

时间哄人，秋风绕一圈又一圈
漫海桥卖坚果的老妇
是放弃远航的失修码头

去片马路上小憩

一个沿江而上的人，身影如舟
风的脚步很轻，常有巨石从崖顶砸下

找了一块石头坐下来，一只火焰绿眉鸟停在另一块石头上
它和我同样乐观，悲剧不会落在同一个地方

云下有缩小的人间，我与鸟儿轻轻对视
它飞走了，它要帮我去看看来时路

头上挂着箩箩的人们，正携柴火下山
他们抬着头含着胸，一如怒江的生活姿态

赶路人羞愧地走了，山上的风景半生不熟
我要去的片马，采集的石头堆满村庄，巨大如泪

石头人

一块石头。春天的一个词语
在大地的边缘，仰望天空
没有火的部分
他失去飞翔的本领
多么可怕的理由

我的骨头从未如此负重
生活的招数我了如指掌：
比如用铁器开拓疆土
或者用汗水埋葬果实
日复一日写着有尊严的诗歌

如果尘埃就此落定，用石头
刻碑渡我半生漂泊，多不甘
我得心有所向：

有浴火重生的翅膀可以自由
有安妥灵魂的基础可以沉默
"生活不只眼前的苟且，还有

诗和远方。"

可眼前的石头是：明天
姑娘儿子旅行回来
我得准备饭菜。今天
媳妇生日，我得答应
爱她一世

我爱这种负重感
也爱这种毫无堤防的浪潮

也许，未来只是换副面孔应对人生
光环和权贵只是剥落的沙灰
绝非立命之本
也许恰恰是忠诚的爱和坚守
才构成世界上最坚硬的石头

我爱这潮水般的幻灭和希望

这衣服我得常穿常换，身体在变大
穿不了只能珍藏
每天早上，打开心房，吹响号角
广大的春天扑向姐勒
我得唤醒那些睡意迷离的鸟儿
蜜蜂这小家伙偶尔会带刺冲向阳光
其实心地不坏，就想向土地表达
花儿的奉献或时间的爱

日子像潮水，剩下的时间也剩着情感
得学习适应森林，如果注定是猎人
学会走路，做饭和读书
学会当一名丈夫或教师
父亲教会我种地和捕鱼的本领
生活应该无忧
即使愿望全部落空：临海的昏灯下
那些漂泊归来的诗歌和船儿还是幸福的

落日覆盖石头，上面无字

绿色的人脉和氧气充足
我得向北方回信，无欲无求
黄昏像一匹马远去，田野不会闲置
今天播种的人，明天得浇水

真的，我爱这潮水般的幻灭和希望

值得珍藏的部分

今天，日子微不足道
但春天是个好季节
新生或飘零
还好你来看我
让我决定想做一个好人
一个比太阳更热情的男子
比高原更宽广的树木
比尘埃更柔软的石头
做一滴平静的水
包含着海洋的汹涌
一粒飞翔的米
暗藏着土地的奉献
我要做辽阔的诗人
剑指明月
更要做天真的孩子
拥抱风暴

你告诉我，望尽血汗的昨天
日落的余晖多么壮丽
值得珍藏的部分
是你向着边境而来

阳光再次住进我的身体

有春风来过。你知道，日子像
一块火烧过的石头
怎样估算一江水的前世今生
破碎，来不及向蝴蝶告别
有时心比路更远，像黄昏

土地镀上金黄。汗水
比整个海洋更广阔
一只野马奔跑绝尘
得向时间道歉。人生的
追求，往往得不到
得到想不到的，叫结果

彩虹若隐若现。在高处
能看见前方的明亮
枝头的果子刚刚入甜
收割的人们期待
一次深刻的灵魂洗礼

无论如何

这一生

祝贺我们站在正义的一方

倒退奔跑

从滇西到辽阔的南海
倒退奔跑二十年
天蓝。一块礁石的成长
水蓝。海风向少年扑面而来
有流沙的声音

那时的春天纯粹幸福
母亲的笑容
又见月光，青草和稻谷恢复应有的色彩
大地一夜金黄
不用形容词
诗行已漫山遍野

万物如尘埃倒退，有光
一个孩子手提满是太阳的篮子
踩着父亲的骨头和鲜血
迈出依稀带有希望的脚丫
迎向冰冷的人世

成长总是不费吹灰之力
倒退奔跑需要力量
掉落的种子重回泥土
如春风或利刃
时间是始作俑者

矫情的语言

近几天写诗
总是会矫情地写到
边防和忠诚
新的营房，芳草环绕
精神的石头，远方而来的海黄
波罗蜜和小杧果已经花开
几只鸟儿惊起的落叶
我倒像一个享尽清福的老头
守着古老的故事
一次次向新来的士兵讲起
远去的人们和报废的警车
一个军人的平静
像一朵云看尽的潮起潮落
翱翔在现实之上
我每天得向着阳光在边境走上几次
以保持对铁板床的热度

拾一些热度的词语过冬

行走如风。十二月在奔跑
拾一团火放心上
候鸟终来。患得患失的月亮
高山流水总是无辜
人们总是满心欢喜地索取
岁月年华里期待的美好
回不到高处的落叶
伴着阳光和养分成泥
离家的孩子
说不出幸运的名字
得握住像幸福之类的稻草
也许握一把冬天苦藏的粟
就能叩开通往春天的门
日子继续。保持温度需要力量
慈悲为怀或为民服务
向高原和土地致敬
生活与梦想半闭半开
像这阴柔的阳光
从右手移到左手
忘了人在漫天飞雪的转角

灯台不是树

做一万件事

分身过一万个坎

顺着东风

潜心修炼

跃身而起

不是为了呐喊

沉默者的悖论

时间宽裕

或者年华正好

彻悟之后

入世的孩子

满目沧桑

当然

如果志在河山

知命的蝴蝶

在暴风雨中自由涅槃

想想灯火阑珊的瑞丽

那被青春踩踏过的痕迹

伴着梦回故乡吹散的海鸟

阳光很大
挺着一群人的骨梁
深入石头的傲气
这虚伪的冬天
灯台如花

姐勒如画

芦苇荡起的时候，流水是静止的
姐勒如画，挂在我房间
榕树越长越茂，遮住了天空，而白云丝毫不动
我在长夜里醒来，烈日依然当空

在村头一住多年
现在，我分不清
自己是画中人
还是画外物

离开辞

一些事物穿肠而过
一些人会等你回来
杨柳新绿，春天刚好
再见，北京
我又一次从你的怀抱里
安静地走向 105 界碑
于我而言
生活不会走投无路
算计荣辱得失没有意义
一只海马要有自己的活法
所有的路已经昭示
生命只是一根漫长的绳索
挂轮不载物拿来干吗呢
想到这些时，车已过天安门
感谢太阳一路护送
我第一次天真地看到光芒藏鹿
亲爱的
原谅我没有一一道别
我只是个孩子

十二月之诗

不能说所有的冷都源于鬼天气

或者所有的故事都会以神秘的方式结束

我仍然迷恋世间深藏着的丝丝暖意

那就这样吧,让我把船留在你的汪洋里

向水面投入同样冰冷的石头

有些谜底神乎其神,有些莫名其妙

但也要算算,万一是你呢

一尾鱼带着时代的讯息归来

可以是冬天宿命的凋零,也可以是春天轮回的重生

唉。还是感到众生负重

风从雷牙让山下来

我们躲在时间的平湖里

旷野的芦苇有弯曲之美

九月之诗

只有九月

一个男人才够格

谈起秋天和人生的辽阔

割稻、砍柴、收拾落叶或种花引蝶

给飞翔的子弹一个靶心

给流水回旋的余地

给诸神一个杯子

即使不提生育，也要给一个女人该有的简单

一个孤愤者，要习惯原谅正常

清醒，就要咬紧牙关

如果已酒过三巡

要看懂这深不可测的江湖

和爱的意义

秋风萧瑟，还是要收敛

像谷子、蚂蚁、萤火虫、马蹄草一样毫不起眼

我祝愿你

望 山

山上有块立着的石头
像一个准备决斗的人
斗什么呢？
也许赢了乌云，就能拥抱彩虹
赢了松树，整个森林就会挂上白旗
赢了黑暗，光明将永存
石头有石头的悖论，可是
时间里有风，是无法战胜的武士
战败者将被重塑：大象、蚂蚁、人形或其他
我看见山上滚下一块更小的石头
以飞鸟的姿势滑向谷底
在入水的瞬间，整座山
狠狠挣扎了一回

在景喊村

落叶纷飞，亲吻我的白发
身体藏着泥土陈旧的味道
命运在榕树下喊我转身
袈裟的红占满村庄
黑色姗姗来迟
这一路脚步太重，已长出根须
心空得像一座寺庙，有树包塔的形状
悲从何来？喜又几何？
无非是青草从枕边一退再退
厚爱的冬天，我决定做回自己
让那些枯死的枝枝叶叶
又一次站立列队，去向分明
一些成了恩赐的贝叶经
架上神台
一些成了叶叶轻舟
度我，度众生

雷声响

鸟巢里的小人们终于飞起来了
我无数次看着它们飞走
又一次次飞回来
给我叼回小青草、小枝条、小虫子
为了报答我的赞美
小精灵叼回一些晚春的稻粟
大太阳，风是掠夺者
谷子掉在天空
爆米花般声声炸响

过班洪村

带着德宏去见临沧，边境线就会折叠
群山就会更高，流水深不可测

双江和瑞丽相恋，独树已经成林
小人君子一重叠，人将心比心神就压着神

可不可以靠谱点
局中人，被骗的、害人的、自欺欺人的
历史之河渡了没渡
局外人，插秧的、摘茶的、无力反驳的
层层土地耕了又耕

过班洪村，横着一排排悬崖画壁
上面挂着一张张压扁的脸，只想快点抽离
一首不能喊疼的诗，难道要把苦字连写两遍

我要寄一堆蚂蚁给你

你在边境。不知道是否已经收到信件
我寄了一堆蚂蚁给你
我知道你的失望，日子不明不灭
美丽的围墙下
你不杀生，就养着它们
爱或痛，总有结果

我养了太多蚂蚁
但土太过坚硬，锋利，伤人心
我就不养它们了
如果数量足够，我想
所有心事一次解决

如果你拒收，就原封不动
退到：无垠的天空，白云收

浑河帖

许多事情就是这样，已经翻越群山万壑
仍没有开心的理由，孤独年复一年

有些水该蹚得蹚，不然故事永远藏着谜底
向南方复信，北风再不能让一颗心结冰了

白鹭在停留之地画地为牢，汛期朝令夕改
一杯浊酒中有星空浩瀚，也有扁舟染霜

人间还是冷，江波如烟，任浑水西去
生命辽阔，渡秋之鸟轻轻挥动翅膀

湄公河渡

一个奔向中年之惑的男人，正在异国的河流中放歌
小木船有更直接的使命，渡人去看彼岸花

这个故作姿态的男人，要向湍流表达征服之意
在船沿上把双脚放进水中，做出大步走路的动作

船夫的沉默始终如一，泛黑的皮肤刺痛人心
他想起消失的父亲和船，曾无数次渡他幸福的少年

上岸之人奇怪地蹲坐着，一条河流也渡时光交错
明明有人驮你走过很长的路，仍含泪感激双足辛苦

醒悟辞

这一觉睡得天昏地暗

在柬埔寨的营地里

醒来时已是黄昏

如获新生

记得回来时电闪雷鸣

狂风乍起

疲惫地枕着满城风雨睡去

睁眼看见霞光铺满天际

岁月依然有期待的部分

而现实另有启示

诧异地发现

一只蝴蝶在枕边已安静死去

在一场大梦中

它曾在我的生命里飞舞、挣扎直至死亡

在某个时刻，替我以命相抵

逝去与活着似乎有某种奇妙的关联

而我全然不知

难不成一切刚硬活着之延续

皆有逝去自甘的献祭

秋天之诗

一场谷子打下来
一个男人才有资格
谈酒，谈青春期，谈成败
包括谈论如何给予一个女人饱满的获得感
秋后雨多，易霉，能晾的尽量晾起来
粮食，柴火，神主牌
及一个男人带着杀气的狗脾气
收敛和收藏的季节
除了一切入仓，还要学会在田里放火
学会毁灭和新生，学会让尘归尘酒归酒
保持四分之三的醉
也是成熟的部分

当然
秋天过后，一个男人就该干男人的事情
去远足，去赴险，去征服

入林记

感谢年少的光，一路陪伴，送我入林
昏暗里，有些风霜会扑面，有些路会埋伏在灌木丛中
当然，坠落的羽毛和撕开的伤口颜色一样

要命的中年。不能坐，地上有刺，路途泥泞
不能躺，那是死亡的姿势，落叶会唱挽歌、行葬礼
当然，更不能低头抱手，世间人会认为你冷，多失败

有光侧身入林，拉我进入人间，我还能行走
我以为我会欢喜，可在经过一片湖水时，心生悲凉
那张来时的脸，已丢在林里

十月帖

必须要一个人，才能感悟大东北的秋
也只有辽阔的浑河，才能让一段激流安静下来

雨霜俱下，大地深藏倦意，草木危秋
大水流淌的远处，昏光闪烁
有时如虎，盘踞呆立
有时像一辆轰鸣的火车，开进茫茫寒冬
险象环生

一个人还是不能站得太高，举目所及
树林落叶，鸟蚁归巢。夕阳轻轻地落下去
村庄里走出来的女人，与我的南方妻子有几分相似

桃花山上

不解的是，整个春天桃花抵死不开
麦子带着北方的思念，一片片泛黄

手握镰刀的人，莫名爱着樱花和蝴蝶
一只鹰朝着猎物的方向坠落

还是喝去年双龙村封坛的麦酿
身体会一直往下沉，酒里泡的明明是苍鹰之羽

在一块大石头上醉卧，梦里桃花漫天飞舞
未曾忘恩负义，却总身不由己

半坡寨

如果已经穿越支离破碎的生活，心甘情愿
就在半坡寨住下来，安静地过日子

可以向人民学习。学习种茶，炒茶，喝茶解渴
又或是栽花，赏花，煮花充饥

如果感觉时光缓慢
就在一本书里抬头，看勇者置身顶峰
也可以向时间低头，看一朵云在山中悠然自得

半坡甚好。生活总有一天会如实相告
所谓成功的人生，往往
一边是惊涛骇浪的高处，一边是深不可测的低谷

十 月

每一段旅途都有告落的时刻
也许会有些不尽如人意，但还是得说
我仍然热爱生活和梦想

走了！就让一叶舟永远留在你的城里
寒露已过，偶尔相信宿命，相信缘分
对得起十月的疼痛和凋零，也是值得的

在秋天，少说两句。奋斗者可能还两手空空
芸芸中有太多的荒凉，要紧握着赞美的镰刀

奇怪吧？会莫名地在秋风里想起一些人和事
莫名地笑或流下泪水
迷茫的中年人，连失败感都在月光杯里摇摇晃晃

草木心

无法被理解的部分，成了石头
想转身。回岛上，戴上竹编帽
当回渔民，当回鸥
向着大海叫，向全世界发出声响
生活是一张沙滩上的网
出走的路，漫天的雪
遥远的边防，孩子的笑
一切像极了我的白发
——生或死，铁器或石头，冰或火
新希望会从边境的密林中生长起来吗？
人们顺从春天明媚的阳光
就像我顺从爱情的旨意
没有背影的离开，没有远方的告别
布谷鸟的声音再高一点
也许能在风雨里透露一些心事
军装是故乡，爱情也是故乡
狼得像狼一样活着
无法被理解的，让水冲刷
变圆，变方，变鬼脸

天空或许是原来蓝，或许不是
原本山川，极命草木
偌大的滇西大地
谁曾见过那个来时的少年

惆怅书

太阳落进一个烟鬼的眼里
两个孩子跑向灶头
瘦女人拼命地往炉里丢柴

八月的稻子扑倒破败的夏季
送男人戒毒后，她的腰杆
像户育山的线条

她把忧伤的镰刀
插在墙角
割痛了这片贫穷的土地

九月速写

九月送给落叶一双翅膀

它有了飞翔的本领，有明亮的眼睛

过桨房，就能看看绿油油的稻田

旁边一块池塘，往前一片新盖的楼房

中间有一条公路，有人随梦追来

房子过去有江，流水去了印度洋

江那边芦苇荡漾，尽头有棵干枯的榕

落叶降临时，乌鸦在巢

云缝间有一轮月，映着人间

群山始终沉默

最后的玫瑰

一个人活着，是有人一起奋斗
一条路延伸，是有人在奔跑
木头人，身体已藏不住什么花样
榕树，瀑布及一些花花草草
原原本本的衣裳已破
年纪上来了，总喜欢把尘世一分为二
称之为边界。把人间比作青春的梦
多么令人心颤的前方
生活毫无经验可供选择
我试着放纵自己的爱
爱一首诗和爱一个人负同等责任
爱一棵稻草胜过浩瀚的海洋
注解或已了然于心
答案或已不再重要
躬身的孩子，让脊背的风雨先行

其实，我就是落日
能看见一群孩子身披霞光
向着某个远方走去
手握醉红的玫瑰
无人可赠。赠自己

隐秘的冬天

一

寒意已深，我决定写首诗送给冬天
动笔时，有只白鹭降临纸上
为了不惊吓这个善良的生灵
我只好小心翼翼地书写
越写越短
留下一大片空白
供它游荡

二

天渐冷，冻着一些硬的词语
月亮小心翼翼地照料尘世
水是善良的抬棺人
一只鸟死了
奔丧的鱼儿、风儿、草儿络绎不绝
一路送到了彼岸
葬于凤尾竹下，成了莲

三

靠近边境时，芦苇有点激动
这里住着久别重逢的亲人
蝴蝶、蜜蜂、蚂蚱、调皮的小灰鹊
还有江上等风雪的扁舟
一次次秘密地带来投江人的信息
起风了，我的白发
长过一江水
长过慈悲的光阴

四

冬天里的一把火
烧掉了整个荒野
风吹起无边的灰烬
雨落了下来，一场浩大的葬礼尘埃落定
小刺猬没心没肺地睡
它走出洞口时
绿色已高过头顶

五

牧羊人待在草场上

羊群在奋力啃草，天天啃
发誓要为主人啃掉这些疼痛
他只是一个忠诚的守墓人
冬天里夭折的儿子
坟头奋力长草

六

冬天越深
袈裟越红
也许是恩赐
云朵也红一点
落叶也红一点
尘土更红，有血的颜色
偷情的恋人在半山腰遇上劫匪
身体流掉了最后一滴红
挂在胸口的佛
偷偷流泪

七

群雁归来，散于荒野
南方的冬天短暂
它们得抓紧时间交配、孵蛋、喂养

炎热如期而至
雁群会绝情往北方飞去
留下老弱病残的同胞
慢慢死去
阳光下长出的草木
静候新雁

八

灯台树的叶子落光了
枝干里居住着我完整的孤独
灯台花固执地开着
开向月光
开向十二月的冰寒
我做了一个忧伤的梦
隆冬里，和灯台树并排站立
头颅上长出同样的花朵
开向黑夜
开向浩瀚的星空

九

庭前，总是那么喧嚣
一群羊经过，我没有挽留

我知道是寨子阿忠放羊去了
一群缅甸工人经过，我没有挽留
我知道他们要去木材加工厂讨生活
一群僧侣经过，我没有挽留
我知道他们要进城化缘

深夜，风领着一群汉字浩浩荡荡
我当机立断
此路不通

十

菩提和榕做了邻居
当，掉下来一颗菩提果
当，掉下来一颗榕果
人们走过，拾走了菩提果
而榕果，被踩成泥
这些都是去年冬天的事了
今年春天，寺里又添一尊泥菩萨
身上挂满了菩提子

十一

我住在江的下游

每天，总有枯木顺水而来
我勤劳地拾柴，堆满了整个后山
我想，每天有那么多的真善美溺水
得给它们准备厚薄不一的棺木

十二

酒过三巡，潮水才来赴宴
罚酒三杯
舟兄和灰鹤作陪
酒过五巡，群山相继就位
统一敬一杯，带上青松和绿榕
月亮赶来时，我已醉卧江桥上
她带来雪花般的软被
覆盖我裸露的诗行

十三

我要说出我的孤独
不然落叶即将覆盖
当我想说出口的时候
发现已经覆盖了一层露水
中间又覆盖了一层尘土
上面一层最厚

是无法撬开的月光

十四

如果可以，这一生
我都不会写一首诗
我憎恨这些写下的文字
像咬破手指，滴在没完没了的纸上
我只想做一个安静的牧羊人
守着安静的羊群和土地
那样我就可以
放下伤人的锐器
放下杀气腾腾的冬天

第三辑

如此渺小的丰碑

雷声响

第一声：是一群迷途羔羊的呐喊

第二声：沉淀，多丰满的女人和秋天

第三声：有一种酒如泪，走过时光的河床

最后一声：一切黑暗都是光明的反动派

雨落下来，众神归位，有公鸡叫魂

重 阳

月亮在没有遇见水前，月光是虚伪的
大海不吹风，波浪是呆立的狮子

重阳呀，高空遥不可及，近处暗藏杀机
苦涩的海凌坡，一杯酒，一个孤儿捧沙遮面
没有遇见死亡前，活着的人总不知珍惜

两颗糖

在冰箱的角落里
我发现两颗糖果
那是父亲活着时买给他孙子的
我剥了一颗拿给儿子
他笑着走开了

自己剥一颗放进嘴里
一颗甜蜜的糖
让我泪流满面

北海孤独

夕阳见证，北海的人潮消失了
连着脚印无声地逝去
银滩上晒着温情、忠诚和枯木的寂寥

风沙翻滚着往事
故人倾诉着衷肠
海上没有云飘过，看不见一只海鸥

我要抓住一条船，握住故乡、母亲和今日
稻子的挺立或栽倒，已无人守望

身体里暗藏的盐
稀释后，再一次溶化

在邵东乡下

在邵东的乡下
家里有人年过花甲
堂屋里就要摆一副棺材
与其说避邪、延寿、镇宅
不如说是一场生命的仪式

妻子告诉我
去年村里赵奶奶走时 102 岁
入土时铆钉已经松动
她想重返人间
轻而易举

她肯定是不会回来了
就算我，26 年后就拥有一副上好棺材
虽然对于死亡我毫无经验
也深知这期间，求死不能的煎熬

昨晚的抒情

从一张桌子上抽身，台面上还留着属于我的玫瑰
围坐的人谈天说地，举杯时瞄着空置的座位

我确信，桌上的人会说出爱我的语言
正如你知道我已带走一场风雪，抵达中山

还是得说一句谢谢，温柔体贴的月亮
收拾残局的良人，以及生活这个老师傅

它始终没有暴露
我半生逃亡，夹着一条虎纹的尾巴

相对论

雨停后
从巢穴里掉下一只
可怜的小鸟
相对于幸福的我
它只是用了一阵风的时间
就把家丢了
而我用了近四十年的岁月
耗尽气力

路 程

瑞丽江流出瑞丽

就出了国，去了印度洋

算好了归期

我得在冬天里加快凿船的速度

路程如下

从贺闷渡口出发

经曼德勒、蒲甘、娘交到孟加拉湾

过马六甲，进入祖国的南海

从望楼港登陆

回到我的家乡海南乐罗村

告知书

在老家的高速路口
父亲活着时经常会停下来
指着一栋高楼告诉我
他夭折的哥哥就埋在那里
冬天里死的，才满一岁
这件事情是爷爷活着时告诉他的
大伯活着时也曾告诉我
现在，我在高速路口也会停下来看
如此渺小的丰碑

想起和父亲在上海

带父亲去上海看病

顺便也带他看看大上海

父亲在外滩的夜景下感叹

病真好

我猜他有两层意思

一是希望病能好

二是有病真好，旅行是福利

我说我们去趟北京吧

他回答下次吧

直到他走后我才悔恨终生

他有第三层意思

下辈子吧

吴墨弟的命运

吴墨弟的一生
是田地里老一代父亲的一生
是老黄牛拖着犁耙走向地平线的一生
自留地里耕种自己的躯骨
杀猪杀牛放自己的血卖自己的肉
江河湖海里网自己的头颅
竭尽所能，无怨无悔
甚至不言不语
小时被母亲卖给有钱人家
跑回来接受贫穷的命运
家业正变好时丧妻
用咬断钢筋的力气养儿育女
刚有孙子不久就离开人世
离开时儿子远在边防
他白生了我

吴振其人

吴振是海南乐东乐罗村岛民

他父母十年求方，得一子

出生时家里老牛绕宅三圈

鸡鸣狗吠，东方起光

穷人的孩子早拿刀

砍柴点火

砍草喂猪

砍命运的骨头举过头顶

有多荒芜就有多野蛮

野蛮的人固执地去了野蛮的远方

我只好留在海边打造棺材

造好三口

两口葬了他父母，一口留给他

现在，他已有妻有女有儿

我还得再打造三口

母 亲

这一生，母亲都在手握镰刀

割草，割稻子，割韭菜

也割秋后的苦瓜藤

还给生活

岁月这个刽子手也手握镰刀

割她的肉，割她的心，割她的肝

也割她照料生活的双眼

还给土地

她死后，身边一片片绿油油的陪葬品

又立起来，召唤她重回人间

月光辞

一万只萤火虫连成片
走过秋的原野
白鹭带着善意归来，往事清晰

一条鱼要在梦境里走多远
才能找回一路丢失的鳞
天空有云，能看见人间

月光很大，我却畏惧
那么深的夜
在一条河流里看到自己的脸

黑 井

儿时，乐罗村文昌街的井水还不黑
但井绳是黑的
打水桶是黑的
母亲的手更黑
我就是喝着母亲一担担挑来的水
度过了透明的童年
母亲死后，井就枯剩黑泥
我开始了漫长的逃亡和饥渴
嘴唇暗黑

一只鸟在公路上死去

公路上，躺着一只死去的鸟儿
羽毛鲜美，有彩虹的颜色
这只高贵的生灵
曾在天的顶部见过自己的样子
汽车呼啸而过
它的身体又一次抖动羽毛
挣扎着要再次飞翔
万物慈悲
落日熔化一切
包括种种不甘

吃　鱼

小时候吃鱼

父母嘱咐

一定要顺着吃

翻着吃

意味着翻船

这是祖辈的戒条

现在看儿女吃鱼

爱翻着吃

我总是欲言又止

作为海的子民

心中有船

已在高原晾晒多年

在昆明

雨是媒介，关键是把乡下的媳妇
背进城里。翠湖清白
不长喂猪或养牛的草

拱王山的马车已经用旧
产后的女人挥着生活的鞭子
力度开始像海埂公园的柳条
让远方一误再误

不说醉倒的滇池
不说在风中怀孕的孤岛
一只瘦鸥顶着烈日丢下的种子
边疆的春天死过十次
小板桥种下的少年才活了下来

入滇的云长成杯中酒
骑马的少女搂着男人的信条
在昆明
忧雨，忧国

庚子之春

春风来到人间，只为悼念暴毙的季节
一些树木、候鸟
一些无名的河流
还有一些莫名消失的人群

春天再微不足道
它依然诞生无尽的光芒、晶莹的露珠
即将出生的婴儿，惊蛰后的虫鸟
如果我们遗忘这一切：
一个不幸的春天，将死无全尸

小　满

春风造孽
田里的少女们一夜怀孕
喝足水的知了，躺在寺庙旁
没完没了地念经

在村里，我喝上一年一次的稻子酒
苦涩微甘，阳光和泥土是手艺人
上一次喝这种酒，母亲还在人世
她在酒里加了冰糖

露水成颗，开始行走
一个农民呆坐如佛
独享一场盛大的月光
和应得的粮食

最后的藤，苦瓜不苦

海风吸干一棵瓜藤最后的黄
苦瓜挂在季节的尽头
秋天将过
种瓜的人最后埋在瓜藤下

时间证明
耕耘过的土地和天空不会荒芜
任凭岁月洗刷人来人往
一个个金灿灿的苦瓜
终面向土地和新生

永生记得
母亲活着时用秋后的苦瓜煮鱼
告诉我，这样的苦瓜
不苦

在大海的眼睛里

在大海的眼睛里
我是一只被放逐的海鸥
在乡愁的梦里
注定是那一望无际的白
瑞丽江边
绿水正悠悠

我该是一个以海为生的渔夫呀
那转风转水的船儿来时
会看见我思念的红旗飘扬
而今扬起的是
虎门那熟悉而苦涩的海风
海的那头是魂绕的故乡
我在奔波路上
千里之外的瑞丽
芳草正离离

致姐姐

拥有十个月亮和光明
生命里的千山万水和姐姐

南风起，带来你
边境有十个太阳，没有疗伤药
折翅的鹰放过天地，还好你来瑞丽

姐姐，日子依然活着
活着就幸福地拥有繁星和梦想
野草和岁月告诉你的
风雨里转告革命的弟弟

秋已凉，一念便落叶纷纷
立秋的繁花错落有序
人间的时光，还得感恩和面对高山
未蹚完的河留给来生

过老虎跳

你见过怒江的澎湃吗？就在老虎跳
像没了爹娘的孩子撕心裂肺
一切正在发生的，终究留不住
大水冲击的千沟万壑
只是悲伤人心上的冰山一角
十年边境生死不论
我的眼睛背后藏着潮起潮落的大海
喉管卡着萨尔温江

有些心事如尘埃

也不说森林，就说灰烬
不说大海，就说流云
不说白骨或石头
你或爱情

生命会让一些野草开出艳丽的花朵
会让一些高贵如粪土掩埋

而这些，并不是我赞美和留恋的部分
我惊奇的是——
有些人会隔着你的生命呼吸
有些失去会永远拥有
有些死亡会新生

我惊悚的是——
有些开裂的伤口会长久活着
有些注定的冰冷会燃烧
有些流逝会永恒

时间里，有些心事如尘埃

白日一梦

梨园晴雪

穿空楼阁

我就知道梦见你了

红色的旧水壶

风卷起淡绿色的窗帘

那个盖着白花纹被子的人

嘴角一笑

我就知道你梦见我了

时光的猛力

一下把房子和床震塌了

黑暗中

我明明听见悠长的欢笑声

醒来却有眼角泪

夜临乐罗村

凌晨的航班，如期将我送回沉睡的家乡
黑夜掩护，小心翼翼潜入

不走村正门，熟人多，河水会把讯息传给海洋
北门入，那里经父母的坟地，方便怀念
父亲的墓新一些，可月光落下来时
继母三娘的生茔更亮

时间多公平，如此厚葬苦难
我的父亲一生命苦，却在漫长的死亡里
幸福可期

老黄犬还是发现我的行踪，整个村庄顿时警戒
畏罪人赶紧把脸藏在风里，往更深的夜里藏

在莺歌海

烈日下的盐雪人安静，一条河去了天上
历经风暴的椰树逐渐弯腰
洋流南下，大船上站着传宗接代的女人正归
岸上背着婴儿织网的男人，面容慈祥
沙滩上散落着一地已干枯或活着的小鱼虾
太平洋真可爱
让浪花儿送上一些，又捡回去一些
咸味很重的海风掠过
把新时代的渔夫，吹得旧回去一截
远处，城市正在吞噬村庄
对抗或消融

在望楼港

那片海，困着多少向往陆地的水
像钢筋水泥困住的人潮
一次次想爬上岸
一次次爬，一次次失败
一次次失败，一次次爬
而我一直在岸上看
见死不救
唯一能做的，就是一次次弯腰
一次次往大海里丢死鱼
行葬礼

立秋帖

收拾行囊，我要在天冷之前回到家乡
回到大海身边，看沙滩把水天一色分开
海鸥永远没有承诺，收拢翅膀随船远去
风沙卷走夕阳时，我会掩面流泪

能说什么呢？在离开之前
我曾是好渔夫，那些年父亲教我一次次向天空撒网
才得到生活的信任
其实船是假的，牛是假的，开荒的地也是假的
石头房子面对大海，一大片斑色花疯长，泛黄
光线横行，多假

漂泊归来的人，不论行囊满满，或是空空
其实已经过完一生
但我不会告诉亲人，这些年我在外为僧
现在只想还俗

惊蛰帖

燕子飞回屋檐时，闪电一路追随
它叼回土里的种子和尸骨，有了生命的颜色
白头翁还是那样悲伤，降落在碑上，它会招魂术
它要唤醒冬天入土的农民

继续热爱生活吧，春天已到
白底花面的棉被，晒在屋头，上面有阳光和父亲留下的味道
惊蛰万里，雷声低沉

三娘知道雨从海上来，她收被子，收柴，顺带收些思念和苦痛
看她怀抱的样子，我把"母亲"这个伟大的词语咬在嘴边

海风吹

浪送海风上岸，原地返回
风离开了海，还叫海风，还更自由

把庄稼压低一点，低过农民的脊骨
把道德放低一点，千年的墙总有裂缝
让海风通过

吹一座城市吧，像吹起一只凶残狮子的鬣毛
吹干高楼热汗，吹灭千家万户的灯火
漂泊如蚁的人们，盐味很重

海风走了，我又回到岸边
一切如旧。唯有面朝大海的碑
比走时更亮一些

木　鼓

把一筒圆木的心掏空，制成鼓
再造俩木槌，对于翁丁原始村落人来说
算不上什么手艺活

把一个活人的头颅抽刀而断
一颗完整的头塞进一棵木桩
刻上经文，立起来插进土里
月光如水，鼓声空空
木头人会睁开绿眼睛，会哭或哈哈笑
这是个手艺活

给一个没有了头的躯壳找一棵树
挖洞埋进去，等树长成圆木
把圆木的心掏空，制成鼓，再造俩木槌
月光如水，鼓声空空
木头人会睁开绿眼睛，会哭或哈哈笑
这是个永生的绝活

数百年后
一个活着走出村庄的人，要看透生死
神已放过每一个木头人。树林哗哗作响
送行的鼓，空空虚虚，反反复复

当家女人

父亲去世后
继母三娘自然成了当家的
户口本上是户主
初一十五烧香
拜祖扫墓亲自来
红白喜丧要随礼
弟弟妹妹工作了仍要管教
就连我们在千里之外
孙子孙女感冒发烧问个不停
部队转隶怕我落户云南
追了一年落回村里才罢休
十足的当家派头操心命

葬父时
她说要立生茔
族人说那就在你老公身边吧
父亲居中刚好
她说不了
就依着大姐立
那边她当家

游子说

我回来了。推开厅堂，开始用心说话
父母笑而不语，一如既往地看
我说的是我把户口转回来了
回头把你们的儿媳孙子孙女也迁回来
用鸡毛掸子扫灰尘时
发现母亲好像老了一点
可能是比父亲死得早些的原因
从小你俩就说我有病，争强好斗
只有部队和劳改所能根治
非要去当兵去治病，真是可爱的爹娘
告诉您老吧
现在我旧疾未除又增新病
净干些欠债还钱杀人偿命不着边的事
还患上软骨病，玩弄一无是处的文字
如果不远走边防，你俩或许命不该绝
算了，不提了，一家子倔脾气
走了，过年事多不一定回来
等到清明，带那两头倔驴回来看你们

出厅堂，看到父母笑着从墙这头看那头

一小块"光荣军属"的破牌牌

这有趣的命运之锈迹

泛着悲凉的光

清明，榕须已垂近地面

一

榕树立在大地上
它们隐秘着心事
寄宿的黑鸦也猜不透
直到月光水银泻地
它们才完整地呈现出来
它们发现自己比地上的碑高一些

二

家乡这只手，总能揪住我
甩回原地。按着我
向土地跪下，向死去的亲人磕头
向落叶、枯草和夕阳致歉
我的骨头僵硬，咸，泛着绿锈
长不出希望的根系，蚂蚁也不会追问
我是月光下割翅的鸟，想收下停留的光芒
可命运总认为，我是颗被祖先咬过的海松子

一次次被抛向天空

三

天空是一处好的法场
来到云端，我开始摆布
群山为墓，流水为祭文
万状云团为供品，点太阳为香火
高声念：
一切逝去之生灵，今日皆可重返活着之地
人间拥挤，请注意秩序

四

杀供鸡是一门技术活
父亲活着时教我
放血时伤口要小
去毛不要伤到皮
形态要注意，火候要小心
煮出来的鸡要有精气神
这样才会让先人高兴

今天，我认真做好一只
但愿父亲高兴

五

五碗饭，五碗菜
鸡，猪肉，糕点
茶，烟酒，槟榔
每年都一样，摆在坟头
烧香上烛，族人集中磕头

仪式上
新人兴高采烈跳跃
旧人躺久了想翻个身

六

榕树放低身段，在春风里
召唤所有鸟类，今天要唱挽歌
流水开始走心，冒着思念的水泡
奔跑的小麂鹿，想追上逝去的时光
芦苇阔，带着众生的微芒舞蹈
草丛中一条向天边延伸的路
尽头有座璀璨的彩虹
人们靠拢取暖，缓慢前行
天空投下许多过往的碎片
在望楼河上泛着粼光

真正隐藏的部分
还会一次次掀动心房

七

在村口，看见村庙
庙里一双眼睛和我针锋相对

那双眼睛看见
世界灯火辉煌，人人修筑牢笼
荒废的头颅，在云端游荡，有人爱慕
吃着良心的狗，走在大道上，有人鼓掌

我看见
一双尘土般的双眼，在怜悯尘世
在构造宿命论，婴儿和老人彼此轮回

我和神隔水而立
死去的乡亲顺着东罗沟缓缓前行

八

不要在榕树下思念亡人
那样会招来乌鸦、黑蝴蝶，甚至闪电

雨会落下来

不要打伞，不要穿雨衣，戴上草帽即可

低头穿过草丛、田埂、小河

就能到达那片山岗

如果时间充裕，就开始劳动

挖草，砍柴，起火

给亡人准备一场空旷的晚会

月亮会升起来

今天没有死去的人

明天继续生活

九

厅堂的炉火旁

我和三娘安静地烧纸钱

火焰映着这个女人的祥和与愤怒

她感恩：

那个男人中年丧妻，给她一个家

她愤怒：

命运带走那个男人，让她孤独终老

弟弟妹妹走了进来

一起安静地烧纸钱

火越来越旺

炉子里藏着一只无常的野兽

十

把海黄树搬来，种在榕树旁
他日再种点椰子、槟榔、海松
经常浇些带盐的水
让土地像海坡一样耐碱
在枝头挂上渔网
念大慈大悲经
海风会带着海鸥如期而至

失去故乡
我就照着故乡的样子复制故乡
真不知道自己如此大费周章
是为儿女准备嫁妆
还是为自己准备陪葬品

十一

一枯枝，随江而下
一黑蚁立于它的船头
看夕阳溶江
它用身体挡住了所有光芒
一江而去
无人知道，它前世为人

驱舟远行
未归

十二

爱我的人爱着爱着都走了
门前海黄花依旧在开

十三

有一位叫时间的僧
在垂下的每一根榕须上
都刻上慈悲的经文
榕须已垂近地面
巨大的经文围成寺庙

碑已破碎
爱永获自由